繪本 0030

蘋果是我的！

作、繪者｜福田直
譯　　者｜黃郁欽

責任編輯｜吳毓珍
美術設計｜陳俐君

總編輯｜林欣靜
總經理｜林彥傑
兒童產品事業群
董事長兼執行長｜何琦瑜
天下雜誌群創辦人｜殷允芃

版權主任｜何晨瑋、黃微真
主　　編｜陳毓書
讀者服務傳真｜(02) 2662-6048
讀者服務專線｜(02) 2662-0332　週一～週五：09:00~17:30
客服信箱｜parenting@cw.com.tw

出版者｜親子天下股份有限公司
地址｜台北市 104 建國北路一段 96 號 4 樓
電話｜(02) 2509-2800　傳真｜(02) 2509-2462
網址｜www.parenting.com.tw

法律顧問｜台英國際商務法律事務所・羅明通律師
總經銷｜大和圖書有限公司　電話：(02) 8990-2588

出版日期｜2008 年 4 月第一版第一次印行
　　　　　2022 年 8 月第一版第十六次印行
定價｜250 元
書號｜BCKP0030P
ISBN｜978-986-6759-33-8（精裝）

訂購服務
親子天下 Shopping｜shopping.parenting.com.tw
海外・大量訂購｜parenting@cw.com.tw
書香花園｜台北市建國北路二段 6 巷 11 號　電話 (02) 2506-1635
劃撥帳號｜50331356 親子天下股份有限公司

RINGO GA HITOTSU
© SUGURU FUKUDA 1996
Originally published in Japan in 1996 by IWASAKI PUBLISHING CO., LTD.
Chinese translation rights arranged through TOHAN CORPORATION, TOKYO.,
And Future View Technology LTD.
Complex Chinese Edition Copyright © 2007 by CommonWealth Education Media and Publishing Co., Ltd.
ALL RIGHTS RESERVED

立即購買 >

蘋果是我的！

文·圖／福田直
譯／黃郁欽

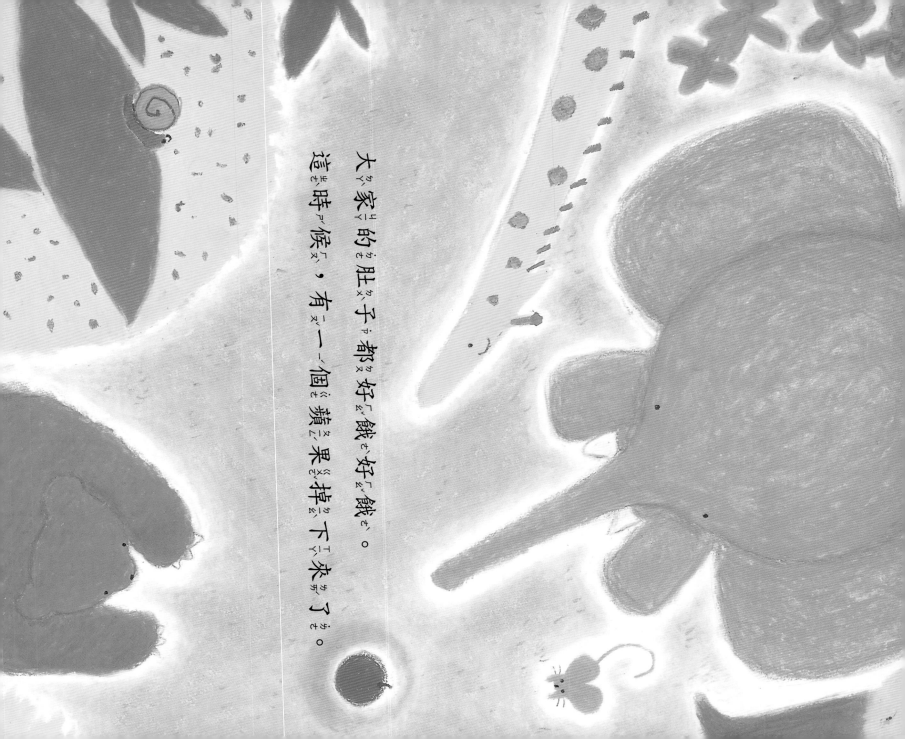

大家的肚子都好餓好餓。

造時候，有一個蘋果掉下來了。

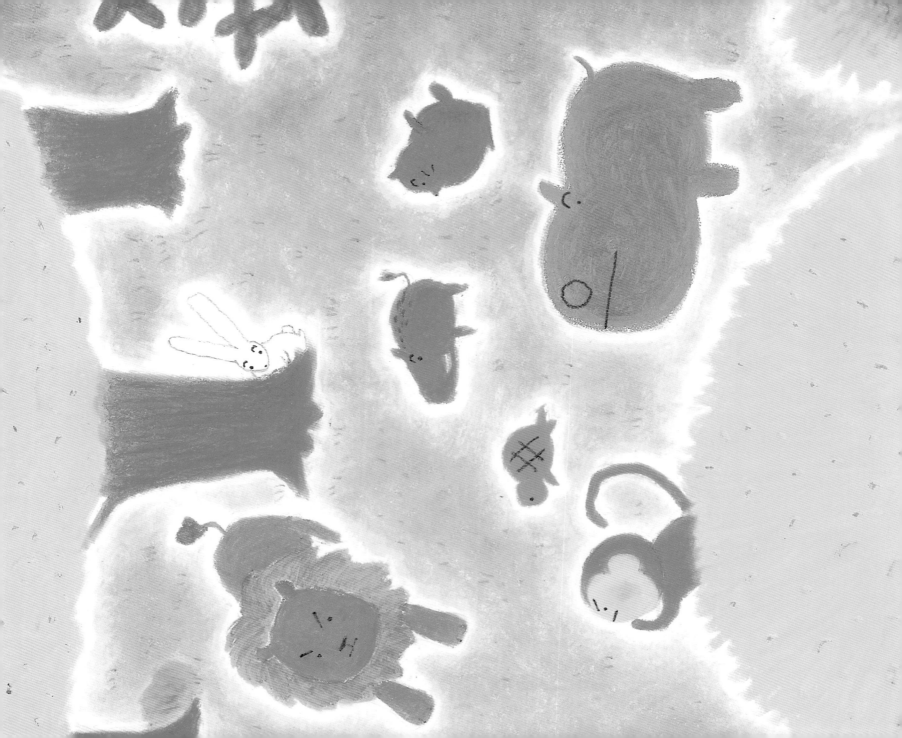

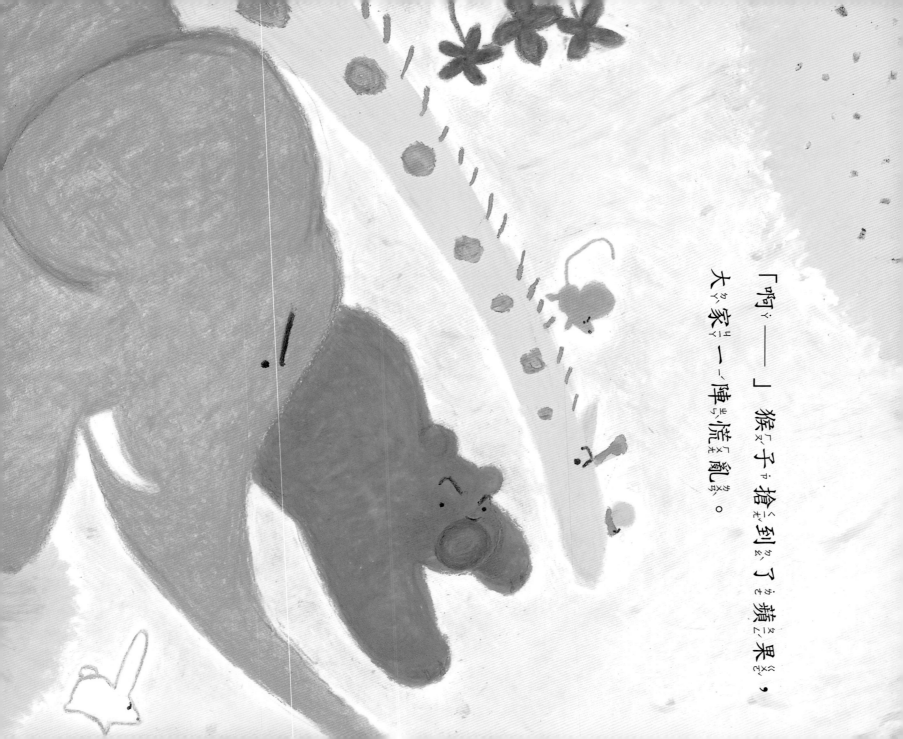

「啊──」猴子撿到了蘋果，

「啊──」大家一陣慌亂。

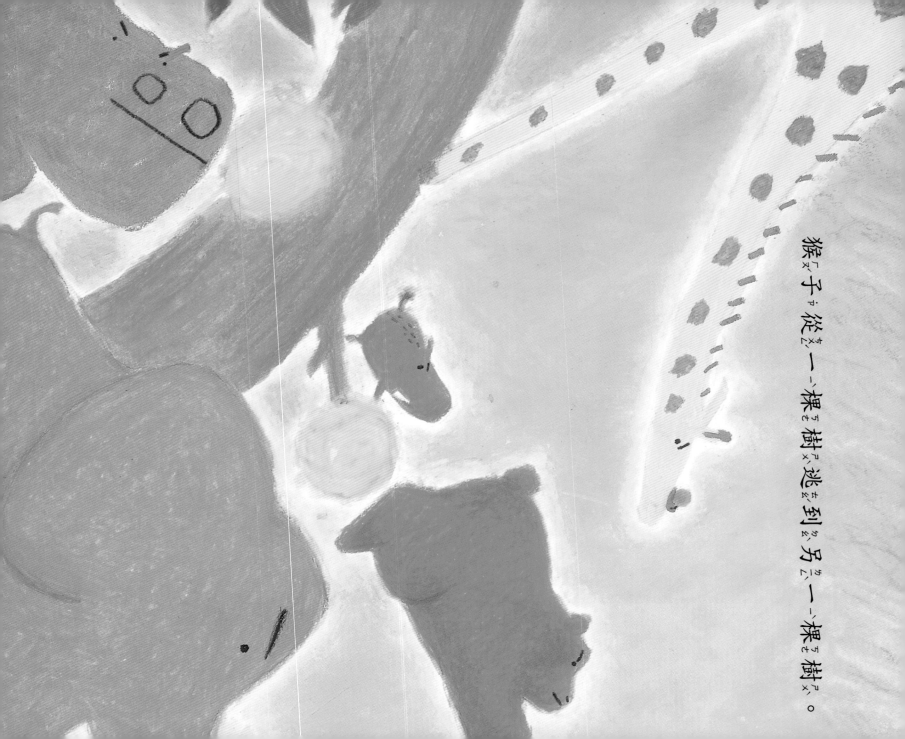

猴「ㄏ」子ㄗˇ 從「ㄘㄨㄥˊ」一「ㄧ」棵「ㄎㄜ」樹「ㄕㄨˋ」逃「ㄊㄠˊ」到「ㄉㄠˋ」另「ㄌㄧㄥˋ」一「ㄧ」棵「ㄎㄜ」樹「ㄕㄨˋ」。

大家都大叫著：「不要跑！」

從一棵樹追到另一棵樹。

猴子從「一條河」逃到「男一條河」，到男一條河。

大家也從一條河追到一條河，到一條河，一條河。

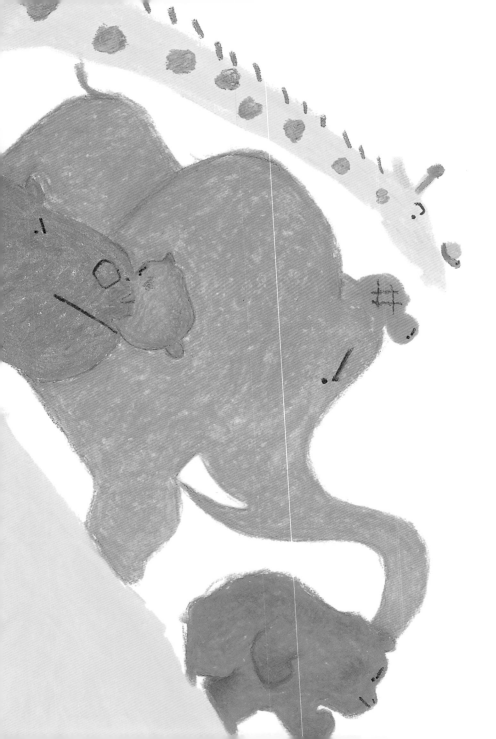

猴子逃上了懸崖，
大家也追上了懸崖。

但是阿比已經沒有路走了。

大家生氣的要把蘋果搶回來。

獅子說：

「我要把你吃掉——！」

大象說：

「我要把你踩扁——！」

大家你一句、我一句的嚇唬他。

猴子嚇壞了，結果⋯⋯

從ㄘㄨㄥˊ懸ㄒㄩㄢˊ崖ㄧㄚˊ跳ㄊㄧㄠˋ下ㄒㄧㄚˋ去ㄑㄩˋ了ㄌㄜ。

……假裝跳下去的。

「那³ㄚ就ㄐㄧㄡˋ沒ㄇㄟˊ辦ㄅㄢˋ法ㄈㄚˇ了ㄌㄜ‧‧‧‧‧‧」

大ㄉㄚˋ家ㄐㄧㄚ邊ㄅㄧㄢ說ㄕㄨㄛ著ㄓㄜ邊ㄅㄧㄢ回ㄏㄨㄟˊ家ㄐㄧㄚ去ㄑㄩˋ。

……原來，也是假裝的！

「絕對不能原諒！」

大家都叫著。

一步一步的逼近猴子。

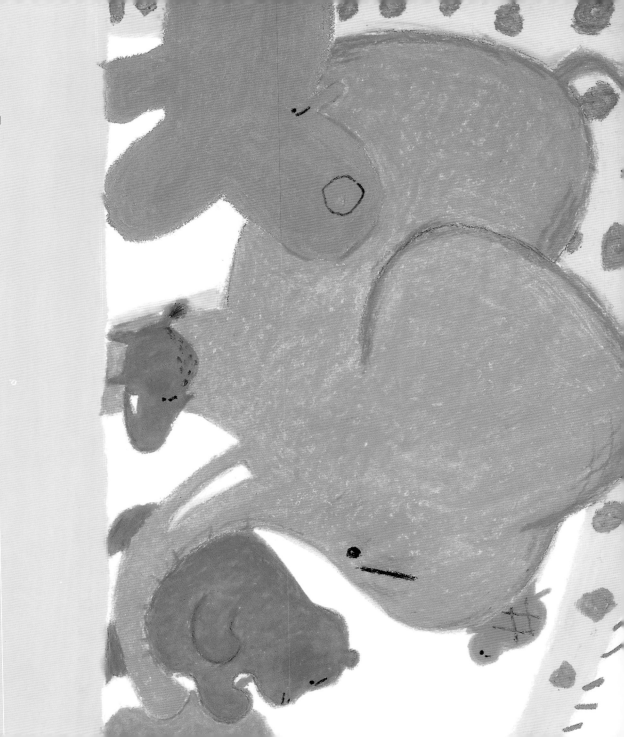

但_り是_ァ……

仔細一看，
猴子抱在手上的隻蘋果，
還有小猴子。

大家家說：

「算了啦！算了啦！」

回家家了啦。

【作者介紹】

 福田直

1961年生於兵庫縣，繪本作家及插畫家。主要的作品有《親一下》、《免費的叔叔》、《非常狸先生》、《大猩猩先生的印章》、《親愛的聖誕老人》、《免費的叔叔2》、《小嬰兒是》、《起立，敬禮！晚安》（岩崎書店）、《不能說聖誕老人喜歡……》（大和書房）、《開始喜歡的日子》（KK暢銷版）等。

【譯者介紹】

 黃郁欽

因為學的是電影，於是做了電視編劇；因為喜歡畫圖，於是開始畫插畫、創作繪本。因為懂一些日文，於是翻譯了很多私房繪本，結果發現，不同的文化和不同的語言也可以有相通的樂趣。

著有兒童繪本：《當我們同在一起》、《烏魯木齊先生的假期》、《誰要來種樹》，譯有：《小貂橫紋君》、《橫紋君＆粉紅妹》。